U0583267

如果我能咬整个世界一口

[葡]费尔南多·佩索阿　著

徐慧　译

If I could take a bite
of this world

Fernando Antonio Nogueira
De Seabra Pessoa

用文字织就的一个梦，一个汪洋恣肆的精神世界

南方出版社

·海口·

佩索阿

Esboço de um Tratado de Astrologia

A.

1. O que é a Astrologia. (a) a sua antiguidade; (b) a sua história, propriamente dita; (c) os seus theismos...

1904 年在德班的佩索阿

1928年佩索阿（右一）和朋友们在里斯本的酒馆

1929 年佩索阿在里斯本的酒馆

1935年佩索阿（左）和朋友在里斯本的街上

佩索阿经常光顾的里斯本巴西人酒馆

目　　录
CONTENT

阿尔贝托·卡埃罗的诗

075/

Ricardo Reis

里卡多·雷耶斯的诗

Alvaro de Campos /099

阿尔瓦罗·德·坎波斯的诗

Fernando Pessoa

/187

费尔南多·佩索阿的诗

/233

关于费尔南多·佩索阿

阿尔贝托·卡埃罗的诗

Alberto Caeiro

牧羊人

我希望我的生命是牛车一辆

我希望，我的生命是牛车一辆

日出时候，在路上嘎吱嘎吱地走着

抵达目的地，日落时分

回到同一条路。

我可以没有希望——

但不能没有车轮……

当我老了，

没有皱纹，也没有白发……

当我什么也做不了，

他们会将我的车轮拆下

把我砸成碎片，扔进沟渠，

我就此死去。

或者，他们将我改造成其他

我所不知的东西……

然而不再是牛车，而是别的什么

我是那么特别，可他们从未提起过。

如果我能咬整个世界一口

假如可以用牙将大地咬住

细细品味

我会得到刹那的幸福……

我并非一直幸福着。

时而不幸，才是自然的事。

不会日日好天气。若是久旱无雨，

你我便会祈望天降甘霖。

所以，我的幸福裹挟着不幸自是当然

如同我看到平原与山峦，草地和巨岩并不稀罕……

面对幸与不幸

最重要的事当属静心且自然地

感受，好似感受就是看见，

思考，好似思考就是行走，

在弃世而去之前，回望走过的时间。

夕阳很美，漫漫长夜也很美……

那便是万物存在的方式，

也是我适应万物的方式……

我从未养过羊

我从未养过羊，

却像是真的放过羊。

我心好似一位牧羊人。

熟知风，还有太阳

拉着四季的手往前走

跟着，看着。

别无他人的静谧自然

齐齐安坐于我的身边。

可我却生出了哀伤

伴着落日坠入我们的幻想

当它在原野上冷却

你感受着夜幕的飞降

如蝴蝶一只掠过了窗。

然而我哀伤得那么安静

又自然而然，理直气壮
原本就该出现在我的心中
当它发现它存在
我的手在把花采摘
但心却没有察见。
犹如羊的铃
在弯道附近作响，
我心中所想是那么安静。
我只惋惜
我知晓它们的安静，
若不知晓，

它们就不会那么安静且哀伤，

而是安静且欢畅。

思考不是件惬意的事，如同在雨中前行

当风势渐渐强劲，雨仿佛变大了些。

谈不上志向，也谈不上期待。

成为诗人，并非我的志愿，

我不过是以这种方式

与自己相处。

某些时候，我宁愿这么想

我只是一只羊

（抑或是好多好多羊

散满在草坡上

于是我，成为好多好多欢畅的生命），

不过是因为日暮时候

或是有云伸出手遮挡了光

某种安静的力量忽地拂过门外的草地

那时，我才觉察出我笔下的一切。

当我静坐笔耕

或是漫步在或大或小的路上

我写着诗，在脑海的纸上，

手里仿佛持着一根棍子在牧羊

余光中我的侧影

在小小山岗

看护我的羊，梭巡我的思想

或说看护我的思想，梭巡我的羊，

傻笑着，好似对他人的话

不懂装懂着。

向读过我的诗的人，问候一声

马车奔驰在山岗

他们望见我在门前伫立，

面向他们将宽檐帽摘下。

我送上问候，祝他们光芒万丈，

或是春风化雨——在雨被需要时，

祝他们在家

能有一把喜欢的椅子

打开窗户，坐在窗前

读着我的诗。

若读着我的诗，

我期待我在他们眼中

是一位自然的诗人——

如同他们小时候，

玩累了

走进老树的阴翳里

砰地一坐，
用棉质条纹袖套
将火热的额头上
汗水，拭去。

我对事物报之以美名

间或不定，在光芒明晰且完美的岁月中，

虽然事物拥有可拥有的所有实在，

我悠悠然自问

为何还要将美

给予事物。

真的吗，一朵花儿是美的？

真的吗，一个水果是美的？

不对：它们拥有的不过是色彩

形态与存在。

拥有美之名的，是不存在的事物

我将美给予事物，而它们将快乐给予我。

它是没有意义的。

可是，我为何又说，"事物拥有美"？

的确，看着事物，
看着简简单单的存在，
就连生活淳朴如我之人，
亦会不经意地被谣言击中。

忠于自心，只看到所能看到之物，竟是如此难啊！

我宁可如小鸟般飞过

小鸟从空中飞过，来无影去无踪

胜过其他动物在地上，

留下可追寻的脚印。

鸟儿飞过后便被忘记了，

理所应当。

而其他动物也已离场，

脚印遂没了意义，

只说明它曾在那里。

记忆与本性相悖，

毕竟昨日的本性已不再是本性。

它虚无缥缈，

而记忆本就不可见。

就此飞过吧，小鸟，

教教我，就此飞过。

我在半夜猛然醒来

我在半夜猛然醒来，

闹钟夺走了一整夜。

自然在外面，我无从感觉。

屋里幽暗一片，唯有墙壁泛着微白。

屋外空寂一片，仿若什么都不存在。

唯有闹钟聒噪地走着，

桌上那个满肚子齿轮的小物件

涵盖了天地万物……

我不由地思考起它的意义，

然而我清醒了过来，

察觉到唇角在黑暗中扬起，

为那闹钟以微小撑满了庞大的夜

而这仅仅意味或象征着

对庞大的夜被撑满感到好奇

是怪异的感觉，只因那闹钟并没有以微小

撑满这一夜。

我眼前飞着一只蝴蝶

我眼前飞着一只蝴蝶

我在这世间第一次发现

蝴蝶是静止的，没有颜色，

如同花朵没有颜色，是无香的。

颜色不过是蝶翅的颜色。

运动不过是蝶飞的动作。

芬芳不过是花香的芬芳。

蝴蝶不过是蝴蝶。

花朵不过是花朵。

Alberto Caeiro   1914 年 5 月 7 日

某些夏日黄昏

某些夏日黄昏，

在微风不至之时，仿佛

有一丝清风瞬间拂过……

然而片片树叶

皆纹丝不动

我们的感知中夹杂着某种幻想，

它们收获了愉悦的幻想……

我们的感知，是不正常的视听！

让我们用原本的模样，依循本性

不被心中对幻想的渴求所控制……

让我们用清醒与生命来感知，

不必思考感知有何用……

感谢上帝，世界终究有瑕疵

美中不足才是真实

总会有人犯下最原始的错

而病人则让世界变得更旷阔。

倘若完美无瑕，世上就少一样什么

理应有很多事物才好

这样我们就能看到很多，听到很多了

（只要不关上双眼与双耳）……

我一直在写诗

以这样或那样的方式，

不管效果如何，

时而直抒胸臆，

时而胡说八道，

甚至乱七八糟，

我一直在写着诗，再无其他欲求，

创作于我，似乎无需执笔深耕，

是件碰巧的事

如同在户外被阳光照耀着。

我全心描述我所感

但不思考我所感。

我认真地把词汇置于想法之上

而无需依靠由思想到辞藻的通道。

本应感受到的，并非总能感受到。

我的思绪在渡河时总是游不快

因为那个男人被身上的西装束缚着。

我竭力抛开从前所学，

尽力忘却被灌输的记忆方式，

清除感知上被人涂抹的色彩，

表达内心的真实情感，

放开自我，成就自我，

不是阿尔贝托·卡埃罗，

而是自然所创造的名为"人"的动物。

所以我写诗，以此感受自然，

不像男人那般创作，

而像只为感受自然的感受者。

所以我写诗，时而不错，时而离谱，

时而达成所愿，时而事与愿违，

这里走不通，便到那里找机会，

我从未停下脚步，

如同一个倔强前行的盲人。

纵然如是，我依然很重要。

我发现了自然。

对于真正的感觉而言

我就是阿尔戈号上的英雄。

我将一个新宇宙带到宇宙跟前，

而那是宇宙本身。

这是我随心所写

但并不糊涂

也会检阅

眼下是凌晨五点

太阳尚未冒出名为地平线的墙，

却已依稀可见小小指尖

攀在满是低矮丘陵的墙头上。

我希望我是路上的微尘

我希望我是路上的微尘

任由穷苦之人从我身上踏过……

我希望我是激荡的江河

任由洗衣女工伫立在我岸边……

我希望我是堤上的杨柳

任由碧空在上，流水在下……

我希望我是一头属于磨坊主的驴

任由他照顾与鞭挞……

比起在人生尽头追忆与忏悔

这要美好许多……

那位女士有钢琴一架

那位女士，有钢琴一架。

它妙不可言，不似江河涌动

亦不似巨木喃喃……

谁要这钢琴呢？

莫如听到一切

莫如爱着自然。

另一版本：

那位女士，有钢琴一架。

它妙不可言，却出自她手。

她弹奏了一首谱好的曲，

既非溪流潺潺

也非巨木远声。

不如不要钢琴

去聆听自然的声音。

我眼神澄莹

当我看时，

我的眼神是澄莹的，

如向阳花一般。

路上漫步

我常常东张西望

偶尔还会回看……

每一个瞬间，我看到的

都是从未看到过的，

我明白该怎么更好地去看……

我明白该怎么持有

孩童般的惊讶，假如它真的可以

洞见自己的诞生……

每一个瞬间，我都能感受到

自己的诞生

在这个永恒的新天地……

我相信这世界

如同相信一朵雏菊，

因为它出现在我眼中。

可我未曾顾念它，

因为思索代表我不懂……

世界的诞生，

不为让我们思索

（思索说明眼睛不好用）

只为让我们看着

以及认同……

我不懂哲学：只是在感受……

我谈及自然，不是因为我洞察了它的真谛，

只是因为我于它有爱，至于为什么

在爱时，对所爱之物

你从不会懂，

也不懂为何爱，

不懂爱为何……

爱永远是纯粹的，

而唯一纯粹的是无虑无思……

所言所写与我自己不尽相同

所言所写与我自己，不尽相同。

我在变，好在整体上不明显。

日光下，花色

当有云流过之时

当夜幕低垂之时

成了阴翳之色。

不过每一个目睹过的人

都明白那是同一朵花。

所以，当我看起来不同于以往时，

请认真看看我：

有时候，想着往右，却或许会往左，

可那还是我，基于相同的两只脚——

总是一样的，

感谢天与地，感谢我

双眼与双耳的专注不移

感谢我内心的清透纯净……

我的神秘主义

你是否希望我拥有神秘主义，

我的确拥有，如你所愿。

我是个神秘主义者，

不过只在我的身体里。

我的灵魂很纯粹，从不思考问题。

我的神秘主义不探究任何。

它的目的是生活，而非思考。

我不懂何为自然，

但我将它歌颂。

我生活在一个小山头

一间粉刷过的

寂寞的小屋中。

这便是我的命运。

我发现，不思考很自然

我发现，不思考很自然，

偶尔独享轻欢，

但我对此很是不解，

而它定然需要被理解……

对于影子，我的墙会作何思考？

我时而为此深感诧异，

直到我洞悉了自己当刻的诧异……

我随即开始气恼，顿觉忐忑

就像发现双脚沉沉睡去……

对于他人，一个人会作何思考？

不会有任何思考。

对于石头与草木，地球意识得到吗？

倘若是，那它便成了人……

倘若它成了人，便会沾染上人性，也就不再是地球了。

然而这一切与我何干？

当我思索起这些，

就不再得见树与林，不再得见土地，

不得见万物，只是在思考……

我因此而失去了快乐，在黑暗中驻足不前。

所以，不做思考，方才能拥抱这天地。

我来了且留下了

从屋子里最高的那扇窗户

挥动白手绢一块，我

向我那些走读人群的诗道了别。

我不悲不喜。

要知诗的宿命本如此。

我将它们写下，只为了让所有人看见

我没有能力做别的事，

好比花朵藏不住颜色，

江河藏不住奔腾，

树木藏不住果实。

它们仿佛乘着马车渐行渐远，

我不由得后悔起来

身体似乎隐隐作痛。

无从知晓，它们会被谁阅读？

无从知晓，谁会将它们捧在手中？

花朵被命运采下，以满足他们双眼的渴望。

树木的果实被摘下，以满足他们的口腹之欲。

江河的水不受命运的控制，却也无法停留在我身旁。

我承认失败，并因此而有了些许愉悦，

这种愉悦似是厌倦了悲伤。

离开吧，离我远去！

树木枯了，却未消失，而是在自然中弥散。

花朵谢了，芬芳依旧，长存世间。

江河汇入大海，水仍然是水，永恒不变。

我来了且留下了，如同这宇宙一般。

我走进一个房间

我走进一个房间，

把窗户关上。

有人送来了一盏灯，

还对我说了句晚安，

我低沉地回应，晚安。

我的生活，希望日日这般：

白日里阳光明媚，或者细雨绵绵，

又或者疾风骤雨，直至世界最后那天，

一个欢畅的晚上，人们三五成行

隔着窗，我新奇地看着他们，

以后再也不会这样，平和地欣赏树林的静谧，

而后把窗户关上，灯尚未熄灭，

不读了，不想了，也不睡了，

忽而只觉生命涌入整个身体，如同一条河灌入河床，
而这个房间之外，无穷的静谧仿若一位沉睡的神。

假如有时候我提到花会笑

假如有时候，我提到花会笑

假如，我提到河会唱歌，

并非因为我笃定花朵露出了笑脸

激流中回荡着歌声……

我只是希望那些不明真相的人

真切地感受到花与河的存在。

因为我写东西给那些人看，偶尔要放弃自己

投其所好，即便愚蠢……

我被我反对，我也被我谅解

因为我的的确确不看重自己，

因为唯有我能解释自然，这可恶的存在，

因为人们不懂她在说什么，

因为她不会言语……

不幸的花

不幸的花生长在管理严密的花坛中。

看起来似乎很畏惧警察……

纵然如是，它们依旧善良地为人们绽放

展露着一如遥远过去的微笑

渴望被第一个人看到

看它们萌芽生长，用手轻轻抚摸

试探它们会不会说些什么……

牧
羊
人
续
编

我生活的终极价值

什么是我生活的终极（我不懂何为"终极"）价值呢？

有伙伴讲："我挣了三十万。"

有伙伴说："我的荣耀持续了三千天。"

还有伙伴告诉我："我心地良善，已足够……"

假如他们想知道我做了些什么，

我会直言："我看着一切，只是看着，仅此而已。

所以，我把宇宙放进了衣兜，随身带着。"

假如被上帝询问："从万事万物中，你窥见了什么？"

我会直言："只有它们本身，那里有你所安放的一切。"

上帝无所不知，因而我得以被塑造为新的圣徒。

我若死在年轻时

我若死在年轻时，

未曾有书出版，

未曾见过我的诗被印作铅字，

要是有人替我的事业担忧

我想告诉他们不必如此。

真要是这样，那是理所应当的事。

我的诗就算不曾印制，

但如果真的美，便拥有了本身的美。

它们既然美，就不会迟迟不被印制，

因为它们虽然植根于地下，

却在户外绽放着花，耀眼夺目。

它定然如此，不可阻挡。

我若真死在年轻时，请听听我的话：

我不过是个肆意玩闹的孩童。

我信奉异教，如日与水，

那是普世的宗教，但人们还没有找到。

我倍感幸福，只因无欲无求，

也不做任何探究，

我觉得别无解释

"解释"二字本就毫无意义。

我什么也不需要，不过离不开光和雨——

风和日丽时，活在光里

天降甘霖时，活在雨中

（其实没什么不同），

感受着冷、热，还有风，

这就是生活。

爱过，也以为被她爱过，

可其实没有被爱。

没有被爱的原因主要是——

我无须被爱。

重返阳光雨露之中，

又一次独坐门前，聊以自慰。

总而言之，比起不恋爱的人，

原野对待恋爱中的人

少了几分绿意。

多多少少会心神不定。

我希望得到
充足的时光与安宁

我渴望拥有充足的时光与安宁

不思考，不知生死，

对自我的认知，只在旁人双眸的映照中。

我望见有船行驶在河面

远远地，我望见一艘船行驶在河面……

它漠然地驶向了特茹河下游。

并非漠然，它和我毫无牵连

我也不是在诉说凄凉。

漠然的原因在于，除了孤零零的船

这一事实之外，它别无意义

驶向下游，不需要形而上学的批准……

现实是下游往下便是大海。

我相信自己行将就木

我相信自己行将就木。

但不被死亡的含义所感动。

在我记忆中，死亡毫无意义。

谈论生死无异于对植物分类。

可花朵或叶子要怎么分类？

何种生命有生命，何种死亡会死亡？

它们无非是你们拟定的术语。

仅有的不同是

一个轮廓，一个目的地，一种独有的颜色，

……一个……

我生了病

我生了病，思想困顿不已

而身体在与事物接触时，却深入了它们内部。

我凭着触觉，感受它们的局部

心中忽而生出某种庞大的自由，

某种肃穆且了不起的幸福，如同英雄事迹一般

在秘不可宣的镇定姿态下兀自形成。

我不怎么在乎

我不怎么在乎。

我不怎么在乎什么？

我怎么知道：

我不怎么在乎。

我与将至的黎明

原野泛着淡淡金色，逐渐开阔。

天光在起起伏伏的沃野上蔓延。

我不在自身所见之中：我看到了它，在我之外。

我与它无关，因为感觉没有感觉到。

但我与将至的黎明建立了联系，因为感觉。

我不忙

我不忙，有什么好忙的呢？

日月都不忙，它们可没错。

忙碌，是认为人们比它们的腿跑得快

或是跳起来便能越过自身的影子。

不不不，我毫不忙碌。

伸出手臂，我恰好能够到手臂能够到的地方——

一厘米都不多。

我摸到的是自己能摸到的地方，

而非自己想要摸到的地方。

我坐在自己所坐的地方。

真的很荒诞，如同每一个绝无差错的真理，

而真正荒诞的是，我们总想着其他事，

因为我们在这儿，所以始终在它之外。

另一版本：

我不忙：日月也都不忙。

无人能跑过自己的腿。

倘若我要去的是远方，我终究无法立刻达到。

我存在于身体之中

毫无疑问：我存在于身体之中。

我从未将日月放进衣兜。

我从未想过征服世界，毕竟我睡得很不好，

我不想拿世界当午餐，毕竟胃只有一个。

我真的漠然吗？

不，我是大地之子，因而跳跃是一种错，

腾空的刹那不是我们该拥有的，

双脚落地时方才快活，

砰的一声！

现实世界并不缺什么！

我是不是比植物或石头更有价值

你对我说，你比

植物或石头更好。

你对我说，你感觉和思考，

也知晓自己的感觉与思考。

那么，石头会书写诗歌吗？

植物会产生与世界有关的念头吗？

的确有不同之处。

但不是你能够洞悉的不同之处

意识无法让我拥有与事物有关的思想——

只是让我有意识而已。

我比植物或石头更好吗？我不甚了了。

我不一样。我不懂何为更好，何为更不好。

有意识比有颜色更好吗？

可能更好，也可能更不好。

我深知这迥然有异。

谁也无法证明它比"的确不同"更好。

我了解，植物与石头皆是真实的事物。

我了解，因为它们真实存在。

我了解，因为感觉有所展示。

我明白，我亦真实。

我明白，因为感觉有所展示，

虽然不像展示植物或石头时那般明明白白。

至于其他，我一无所知。

是啊，石头不会作诗，但我会。

是啊，植物不会产生与世界有关的念头，但我会。

但是，石头只是石头，又不是诗人；

植物也不是思想者，不过是植物啊！

于是，我既可以说自己比它们更好，

又可以说比它们更不好。

不过我不会那么说的——

关于石头，我只说："那是石头。"

关于植物，我只说："那是植物。"

关于自身，我只说："这是我。"

除此之外，还有什么可讲的呢？

我与风同行

今日拂晓，我早早地出了门，
因为我更早地醒来了
却找不到想做的事……

走哪条路，我不确定，
风摧枯拉朽地刮着，
在我的背后使劲，推着我走。

我的生活一向如此，我甘愿如此，永远——
风让我去哪儿，我便去哪儿
绝不让自己为思考所困。

我将以另一方式醒来

畏惧死亡吗？

我将以另一方式醒来，

身体也好，延续也罢，抑或是新生，

无论如何，我会醒来。

就连原子也不会长眠，为何唯我要长眠？

我的诗意义非凡

所以，我的诗意义非凡，但宇宙不一定有意义？

哪种几何，局部比整体还大？

哪种生物，大部分器官的寿命

比身体还长？

我为何要将自己看作花一朵

然而，我为何要将自己看作花一朵，

倘若我只是我

花只是花？

让我们放弃比喻，看上一看。

让我们抛开类比，明喻和暗喻。

以此喻彼，无疑是忘却了彼。

我们看它的时候，没有什么能让我们思及其他。

任何事物都只会让我们挂念它本身，而非其他。

这就是事实，它让自身区别于其他

（它不是其他东西）。

任何事物皆与不是自己的东西有所不同。

为何说一朵花的价值没有我高

因为它绚烂，我知道，它却不知晓，

因为它芬芳，我知道，它却不知晓，

因为它被我意识到，它却不自知？

可这件事物与那件事又有什么关系？

以至于胜于或逊于它？

的确，植物能被我意识到，却不能意识到我。

可假如意识的形态能被意识到，那它内部又有什么？

假如植物可以言语，会问我：你的气味呢？

会告诉我：你拥有意识，而那是人之特性

而我不曾拥有意识，因为我并非人，而是花。

你没有气味，而我有，只因我是花……

我在睡着与醒来之间存在着

深夜两点半，我睡醒了，又睡着了。
睡着与睡着之间，是不同生活的时间。

世人不会给光芒万丈的太阳授勋
却会给英雄授勋，为什么呢？

我一直是准时睡着，又准时睡醒的
我在睡着和睡醒之间存在着。

我在睡醒的那一刻，察觉到自己与全世界相通——
一个了不起的包罗万象的深夜，
只存在于外面的世界。

我不懂何为理解自己

我不懂何为理解自己。

我不看内在的东西。

我不信我存在于我的背后。

我的出生注定我是葡萄牙人

我爱自己的国家吗？

不，我不过是个葡萄牙人而已。

我的出生注定我是葡萄牙人，生而拥有金发碧眼。

我要是一出生就会讲话，那势必要讲一种语言吧！

我在草地上仰面朝天

在草地上，我仰面朝天

不记得他们对我的一切教诲。

他们教诲的一切，从未平添一丝冷或热。

他们灌输的一切，从未让事物的形状改变。

他们要求我看的一切，从未打动我的双眼。

他们展露的一切，从未出现在那里：

唯有在那里的事物才会在那里。

我没有尽力生活过

我没有尽力生活过。

我的生活是自己过日子的，不管我需不需要。

我想做的事不外乎观看，俨然没有灵魂一般。

一心想着观看的我，就像一个只有眼睛的人。

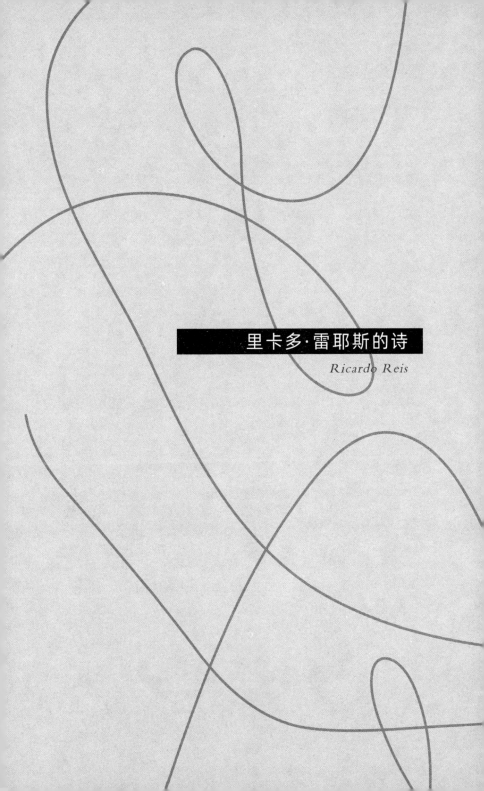

里卡多·雷耶斯的诗

Ricardo Reis

斟入杯中的不止有酒，
还有遗忘

被我斟入杯中的不止有酒

还有遗忘，我将得到幸福，

因为无知就是幸福。哪个家伙还没忘

或是预想过从前的笑容？

思考吧，让我们将生活抛弃

除却这动物的灵魂，逃到

不可期、不可忆、不可解

的命运之中。

用世俗的手，把脆弱的酒杯举起

把酒送到世俗的唇边，

泪眼朦胧，

不愿再看一眼。

下 棋 的 人

我听说过一场波斯战争，

但不清楚它发生的时日，

当侵略者肆虐城中

女人们失声惊叫，

两个下棋的人没有停下

无休无止的棋局。

他们在荫浓的树影里凝望

那由来已久的棋盘，

各自身旁皆是葡萄酒，

肃穆静候

在对弈的空白时光

拂去下棋人的干渴与焦灼，

他可以休憩片刻，等待

对方做出回应。

房屋失火，四壁倾塌

保险箱被掠走；

女人们失了身，倚靠着

断壁残垣；

长矛刺进了孩童们的身体，路上

血流成河……

然而两个下棋的人依旧无动于衷，

虽然城市近在咫尺

可嘈杂却好似远在天边，没有停下

他们的博弈。

纵然风带来悲戚的讯息

他们从中听闻了呼喊与哭泣

略微思考，然而心知肚明

就在不远处，

他们的女人，还有柔弱的女儿

正遭人凌辱。

饶是在分心的刹那，

一片转瞬即逝的光影

从他们迷蒙又冷漠的额头闪过，

他们静默的眼神很快

又毫无波澜地

回到那由来已久的棋盘上。

象牙国王自身难保时，

谁会念及手足、

母亲、儿女的生死？

车无力保护

白皇后撤离时，侵夺一场

又有什么价值？
对方国王直面
冷静的将军时，
又有谁会记挂远方
将死的孩童？

就算侵入的士兵
那暴戾的面孔
忽然出现在城墙外
那严肃的下棋人
不久便会骈首就戮，
然而此前的那一瞬
他们依旧沉醉在挚爱的
冰冷的游戏里。

让城市被侵占，

让人民受苦难，

让自由与生活被毁灭，

让文明与秩序被破坏，

甚至彻底覆灭，

而在棋局被战争搅乱时，

要保证国王不会马上死掉

最远处的小兵

通过营救，将化身车一枚。

对伊壁鸠鲁满怀热爱的兄弟

自当明了他的教义

和你我的想法更相符合，

让我们效仿漠然的

下棋人，领悟要

怎样安稳地走完人生。

让庄严的问题变轻松

让沉重的事情变轻松，

让人之本性里天生的动力

（在静谧的树荫里）

驱从于一场畅快的游戏中

那枉然的欢喜。

即便在徒劳的生活中

我们收获了荣光与美誉，

爱和智慧，抑或是生活本身，

都无法比肩

一场奇巧游戏所留下的回忆

而一局博弈

终会有一位技艺超群的棋手自叹弗如。

荣光似是无法承受之重，

美誉仿若高烧般烫手，

狂热的追求令爱不堪倦怠，

智慧的思考到头来皆是无用，

生活且苦且悲，因为它深深懂得自己在消亡……

对弈全然掌控了

下棋人的灵魂，哪怕败下阵来

也没关系，它毕竟是虚无的。

在对你我不存一丝爱意的树荫里

以佳酿为伴

一心只想着

棋盘上的徒劳奔赴，

纵使那棋局不过梦一场

不妨让无助的你我

像这故事中的波斯人一样：

不管在什么地方，

远也好，近也罢，

不管战争还在家国

抑或是生活

以何种方式将你我召唤，

随它们去吧，无用的召唤，当我们

在对手那充满善意的树荫下的梦里，

而那局棋也在憧憬着

自身的冷漠。

我因无知而平静

我因无知而平静，

我因平静而自我。

我想用生活的虚无

充盈我的生活。

触摸财富的人啊，

肌肤会被金子撩动。

得到荣耀的人啊，

生活会如云烟般虚幻。

将幸福视为阳光的人啊，

夜幕终会垂落。

而无欲无求的人啊，

不管遇到什么，
都会怡然自乐。

我热爱我所见

我热爱我所见，因为

我终有一日会终止观看。

它存在，所以我热爱。

安然的当刻，我通过热爱而非存在

更多地感受着自我。

最初的诸神将最好的给了我，

若要我归还——他们，

也明白一切都是虚无

我要完全孤立于世

是诸神定下的，我要完全

孤立于世。

对他们而言，负隅顽抗毫无用处：他们给我的

我果断接受。

如同麦子在风起时弯下腰，又在风停时

扬起头。

我那捣毁蚁穴的手

我那捣毁蚁穴的手

在蚂蚁眼中，

定是神圣的源头，

而我却不觉得自己神圣。

就好像，诸神

大概从不视自己为

神明，不过是被我们看作神明

只因他们大过我们。

不管怎么样，

我们都不应全然地

或无理由地以信仰为寄托，

以那些所信仰的神明为寄托。

我希望我的诗宛若宝石

我希望我的诗宛若宝石，日久弥新，
不被任何事物所隐藏的死亡腐蚀，

让我们短暂又悲苦的岁月在诗中被遗忘，让我们被它带回那
可能不为你我所知的无拘无束的邃古时光。

在远离阴翳的亲善之处，我们已被历史忘却，
那些诗人在我记忆中出现，他们斟字酌句地创造着自在的诗。

永垂青史的贺拉斯，我将想到你，在所有人里；
我将在被掩藏的日光里写诗，并为你的光荣而喝得酣畅淋漓。

我只想请诸神将我忽视

我只想请诸神将我忽视。

没有福与祸，我方才自由，

如同那风，作为空气的

生命，终是虚无。

爱与恨皆想得到你我；

我们被它们压迫，只是方式不同罢了。

从诸神那里得到

虚无的人，也得到了自由。

上帝，我对你没有恨意

上帝，我对你没有恨意，也没有将你寻觅。我只是追随你

就像追随其他神明，比你更年长的神明。

我对你的臆度，相较于他们，

不多不少，只是新一些而已。

我承认我怀着恨，冷酷地仇视那些人

他们在与你同辈的诸神中探寻你。

而我在你在的地方寻求你，相较于他们

不高不低，恰是你自己。

坠落的神明啊，可能想要原因

谁都不似你这般：万神殿中多余的每一个，

没有变多，也没有变得更纯粹：

因为诸神均在整体之中

除了你之外。

谨慎一些吧，孤芳自赏的基督徒：

这是多重的生活，互为不同的每一天，

而唯有成为多重的，我们才能

同时拥有真实与孤独。

你我之间活着数不清的人

你我之间活着数不清的人。

我感觉或思考，却不清楚究竟是谁在感觉或思考。

我不过是感觉或思考某个事物的载体。

我不只拥有一个灵魂，而是拥有许多。我拥有的我比我自身多

很多。我存在，但是

我对他们冷漠以待。

我令他们一言不发：我娓娓道来。

我感到或不曾感到，错综的欲望在身体里你争我夺，然而我

熟视无睹，它们从未对那个我熟识的我说起任何：我秉笔直书。

请你们为我戴上玫瑰皇冠

请你们为我戴上玫瑰皇冠，

是的，用玫瑰

皇冠为我加冕——

这些正在凋零的玫瑰，

在我额上提前凋谢的

玫瑰啊！

请你们为我戴上玫瑰皇冠，

再用细枝末叶加以装饰。

这样就够了。

阿尔瓦罗·德·坎波斯的诗

Alvaro de Campos

回到里斯本（1923）

不，我什么都不需要。

我讲过的，我什么都不需要。

别对我下结论！

唯一的结论无非是死去。

别跟我讲什么美学！

别跟我讲什么道德！

把这儿的形而上学统统带走！

别想让我接受所谓的完整体系，

别用什么科学的进步来打乱我的思绪

（科学的，啊，我的上帝，科学的！）——

科学的，艺术的，还有现代文明的！

我可曾做过有损于诸神的事？

你要是找到了真理，请留给自己！

我这个技术员的技术只适用于技术领域，

对于会令我痴狂的事物，敬而远之，这是我的权力。

这是我的权力，你有没有听到？

不要插手我的事，就当给上帝一个情面！

你希望我结婚、苟活、安分且纳税吗？

或者希望我反其道而行之，处于事物背面吗？

我要是其他人，会与你一道曲意迎合。

不过我就是我，所以你最好放弃！

下地狱的时候莫要牵连我，

我宁愿一个人去！

为何非要与你一道？

别攥着我的手！

我讨厌手被攥着。我想一个人静静，

我对你说过，我只会独处！

我不喜欢你说我应该和大家在一起！

啊，蓝色的天空——我儿时理解中的那个蓝色的天空——

抽象、无瑕、永不会变的真理！

啊，轻轻静静的历史悠久的塔霍河，

倒映着空中的细微真理！

啊，重游是哀伤的，过去的现在的里斯本！

你不曾给过我什么，也不曾拿走我什么，

在我的感觉中，你是虚无的。

让我待在这空寂之中吧！我不需要太长时间，因为我从不需要太长时间……

在空寂与堕落来袭前，我只想一个人。

脚手架

我那消失的做梦的日子——

生命的流年！

一声叹息，昔日无数

不过是我臆造的

某种以后的虚伪的时光！

我在凡尘俗世之畔

安安静静、无缘无故地生长。

它虚无得如同流淌的镜子，

冰冷刺骨，不知姓名，

犹如我枉然地过着日子。

一度寻到过的希望，是如此渺茫！

哪般期许值得这样守候？

无论哪个小孩弹出的球

都高过我的希望，

都远过我的期许。

河中水波轻柔至极

甚至让你以为静止不动，

几个钟头、几天、几年

转瞬即逝——不过是草，或者雪

在不变的日光下失去生机。

我放弃了不曾属于我的所有东西。

和自身相比，我更老一些。

敦促我接着走下去的梦

是舞台上的一位皇后：

戏服褪下之后，统治也就结束。

水波温柔的动静

透着痛苦，为你失去的河畔，

希望依稀可辨，但那记忆却

催人入眠！梦与生活

组合在一起，成了如此这般的环境！

我把日子过成了什么模样？

当它消失，我方才看清自己。

毫无耐性，随心所欲，

就像任由一个癫狂之人始终

认为我所验证的一切都不正确。

轻柔的水波发出了死亡的声响

流动，它们不得不流动，

我的回忆被带走了

我已死的希望也被带走了——
已经死了，它们无力抗拒。

我依然成了后来的我的尸体。
连接我与自我的不过是个梦而已——
那朦胧的、姗姗来迟的
理应属于我的梦——是围墙一道
我那荒废的花园坐落其中。

流动的水波，请把我也带走，
带到海的彼岸！
将我留给我无法成为的一切——
他抬起了脚手架
将我不曾住过的屋子环绕。

回到里斯本（1926）

没什么令我侧目的。

我想在同一时刻，将五十样东西获得。

我似馋肉般的焦灼

希冀不为我知的事物——

一些一定无法确定的事物……

我断断续续地睡着，存在于一个断断续续睡着的人

断断续续的梦境，一半清醒一半梦。

必然的抽象的门，在我的面前一扇扇关闭。

窗帘也被拉了起来，挡住了所有假想的我或许会看见的路人。

我找到了那个巷子，但门牌号并非指定给我的那个。

我醒了，面对的生活与我睡着时没什么两样。

我梦中的军队甚至溃不成军。

当我梦见他们，梦境甚至都透着虚假。

我一度憧憬的生活甚至也令我厌烦——甚至是

那样的生活……

在半梦半醒之间，我领悟着；

在我困乏稍减的时候，我创作着；

我被一种堪称厌恶自身的厌恶，送至彼岸。

我不得而知，翻卷在我生命之浪中的忧思裹挟着何种

命运与将来；

我不得而知，什么样的不可思议的南海小岛在静候着我这个被

遗弃者；

以及我会被赐予什么样的文学棕榈园，即便唯有诗一首。

不，我无从知晓这个、那个，还有其他任何……

然而我在精神世界造梦的深处，

已然梦到了全部，

在灵魂的旷野上，在我不知为何

要忆起从前的地方

（从前是假意的泪花弥散出自然的轻雾），

在远方森林或大或小的路上

我觉得自己所寄居的地方——

在那里，我梦见了不存在的军队的失利，

那支败给上帝的不存在的队伍，

溃不成军，如鸟兽散，仅剩下的

不过是最后的迷幻。

我们又见面了，

我那弄丢了童年时光的可怖的城市……

给我幸福又令我神伤的城市，我又回到这里做梦……

我，还是那个我吗？那个在这里生活过，回来过，接二连三地回来，隔三差五地回来的我吗？

也可能是我们——每一个曾生活于此的我

或是叠加起来的我们——

是一串由记忆之绳串联的珠子，

一串与我有关、被我外部的人梦见的梦吗？

我们又见面了，

但心更遥远了，灵魂也更不像我的灵魂。

我们又见面了——里斯本，塔霍河，以及别的——

一个属于你也属于我自身的无用看客，

无论走到何处都是外国人，

在生活中的巧合，似是在灵魂中一般，

一个从往事殿堂路过的魂灵

循着老鼠的咀嚼声与地板的破裂声去了，

到了那个在诅咒中无奈苟活的城堡……

我们又见面了，

一个穿行在暗影里的暗影，刹那间被一束苍白的

叫不上名的光照得透亮，

犹如一艘船在被暗夜笼罩前，清醒地没入水中，

一切重回空寂……

我们又见面了，

然而，可惜的是，我无法看见自己！

那面始终让我可以看见同一个自己的魔镜已化作碎片，

我在一块块命运的残片中，只看得见

一片我；一片我们！

厌倦之外的一切都让我厌倦

厌倦之外的一切都让我厌倦。

不安，而我想要安宁，

我活着，日复一日

如同饮药——

人人都得饮下的一种药。

我想要的很多，梦想的也很多，

以至于我被很多很多东西改变，化为虚无。

我的手失去了温度

刚刚被抽了回来

从静待最后将它们温暖的爱

的迷恋当中。

冷冷的、虚无的

双手。

自由才是我的全部追求

不！自由才是我的全部追求！

名与利，还有爱，无不是牢笼。

心仪的屋子？优质的家具？精美的地毯？

让我将它们抛到一边，静静独处。

我渴望一个人呼吸。

我的心不适应集体的搏动，

我感觉不到与社会的密切联系。

我是我，如我所是生于这世间，

除了我，其他种种都是虚无。

我想在何处入睡？后院。

不存在墙的环绕，唯有我和宇宙间的

了不起的对话。

无比安宁地，无比轻松地睡着，不见丝毫神秘

除却剧院里所有幽暗凉薄的星芒，

那恢弘的无尽的空中深渊

将它的劝慰放进清风，送至我被颅骨包裹的面颊，

唯有一双慧眼在那里——另一个天空

——彰显着存在于主观意识中的世界。

我告诉过你，那不是我想要的！给我自由就行了！

我希望我与自我丝毫不差。

我不想被理想绑架！

我不想穿俗气的紧身衣！

我不想被人一眼看穿，也不想被亲近和尊敬！

我不想变成一堆行尸走肉！

我想将这只球抛上月亮

听它如何掉进邻居家的后院！

我想在草地地上躺着沉思，待明日再去捡它回来……

明日的我会去邻居家的后院把它捡回来……

明日的我会去邻居家的后院把它捡回来……

去邻居家的后院把它捡回来

去邻居家的

后院……

我的心是捉摸不透的
舰队指挥官

我的心是捉摸不透的舰队指挥官

率领着一支不曾组建的队伍，

走上了一条被命运禁行的路，

为了找寻一种终不可得的幸福。

荒唐的长篇大论，从来都在书架里，

为仅剩下放弃的生活献礼，

他自己却不曾做过奉献，不曾做过奉献，

不曾做过奉献，

就像那首跨行的诗所说。

然而这有益于一段身处阴霾的历史；

内在的玫瑰会绽放在失败的沉思默想中，

并为胜利所不知不察。

舰队指挥官的王者舰队，

背负着光荣的梦想与志向，

随它踏上永不后退的征程。

我患上严重的感冒

我患上严重的感冒，

众所周知它会如何

让整个宇宙系统发生变化，

让你我与生命较量一番，

让形而上学喷嚏连天。

我浪费了一整日，不断擦着鼻涕。

我的脑袋微微有些疼。

一个二等诗人的倒霉境况！

今日的我，确实是二等诗人一个。

往日的我那唯一的希望；已彻底幻灭。

永远地再见了，皇后仙子！

你拥有阳光造就的双翼，而我闲庭信步在这里。

我只能穿行到那边，躺到床上去，不然病就好不了。

我一直惴惴不安，因为我尚未躺到宇宙里。

对我体谅些吧……这感冒多狰狞啊！……它听命于

身体！

我需要阿司匹林，还有真理！

我，真实的我，我塑造的我

没错，是我，真是的我，我塑造出的我，

我这个人必然需要或必然不需要的一部分，

我真正的感情的齿状郊外——

我是这世俗世界里存在于我内部的那个家伙，

它就是我。

无所谓我是或不是什么——它就是我

这个存在的全部。

无所谓我需要或不需要什么——这个全部

造就了我。

无所谓我爱或不爱——在我内部，它是

不变的离愁乡思。

这时候，我生出一些印象——些许格格不入的印象，

宛如梦一场，在杂乱无章的真相之上——

我觉得自己正乘坐着电车，

而即将坐到我身后位置的任何一个人都会看见我。

这时候，我生出一些印象——些许朦胧的印象，

宛如梦一场，醒来的人意欲记住那迷离的晨曦——

在我的内部，存在某些事物胜过我自己。

我承认，我生出一些印象——些许痛楚的印象，

在睡醒后无法用梦来敷衍的挤满了债权人的那一日——

我搞砸了所有事，如同在门口的脚垫上摔了一跤，

我做错了所有事，如同一只手提箱没装化妆品，

我在生命的一些点位上，用一些事物代替了自己。

好啦！它是印象，带着些许形而上，

如同在即将被我废弃的房屋的窗户口，

那就要落下的太阳。

做个小孩的念头，胜过想把这世界看得真切。

它是印象，关乎玩具与黄油面包，

它是印象，弄丢了普罗塞耳皮娜花园中莫大的静谧，

它是印象，某种对生活的疯狂的热爱，

它的脸紧贴着窗，看窗外的雨滴落并发出声响

那眼泪来自有喉结的喉咙，却不属于大人。

好啦，责备它吧！它就是我，

一个启动开关之人，

一个没有国书或信函的外交官，

一个笑不出声的小丑，

一个把别人的超大外套穿在身上的

滑稽的家伙，帽子上的铃铛叮叮当当

戴在头顶上，好似小母牛脖子上的铜铃一样。

它就是我，我自己，

舞会上的人都猜不出这谜语，

在结束了晚宴的小村堂屋里。

它就是我，只是我和我能够应对的虚无。

我对着镜子摘下面具

我对着镜子摘下面具。

时隔多年，我依然是那个少年的模样。

毫无变化⋯⋯

这就是懂得怎样摘下你那张面具的益处，

你还是那个少年，

那个留存于世的

从前的少年。

将面具摘下再戴上。

这是更胜一筹的方法。

这么做意味着我就是面具。

我回归了往常，就像电车回到终点站。

入夜，没有人被我期待

入夜，没有人被我期待，

我插上门，与世隔绝，

这逼仄但安宁的陋室

陪伴我在深不可测的静谧中沉沦……

独自酣饮，轻声自诉，

漫无目的地游走，

我是那个忠诚又善良的伙伴

在我所有伙伴中绝无仅有。

忽而有人叩响了门，

随着升腾的青烟，一首诗就此完成……

邻人前来提醒，明日的午餐之约，

好的，我会去的。

重新插好门、把自己关起来，

我意欲在心底重温

那个让我酣饮于其他的人

那令人痴迷的游走、那满腔的热诚与殷切的期望。

但无济于事……只有那一成不变的家具

与无法回避的墙壁盯着我，

如同中止观看残灯末庙的男子，

再看时满目空空。

我厌恶意象

意象？我厌恶至极……

有人对我说万物皆是意象。

而我听见他们在讲虚幻。

意象是什么？是虚幻吗……

说太阳是意象，好的……

说月亮是意象，好的……

说地球是意象，好的……

然而，除了在雨过天晴

阳光透过一朵朵云，射向那蓝色背景时

还会有谁在意太阳？

除了那得到承认的反射的华美光芒

还会有谁在意月亮？

承载着你我的这个真实的地球，有谁在意？

在谈论地球时，我们想到草原、高山和树木，

非理性地缩小了它，说海洋是地球。

那就将这一切视为意象吧！

然而，到底什么是意象？——太阳、月亮

和地球皆不是——

傍晚提前到来，天之蓝渐渐淡去

夕阳坠入片片残云

月亮悄然爬上天幕的那一边

最后一缕阳光将金色洒在了

角落里踌躇的女裁缝的额头上

那个抛弃她的男人曾经总和她游移在那里

（她在附近居住），这便是

意象吗？这可不是我想要的。

我只想请求——不幸被抛弃的不堪一击的上帝——

让那个男人回到女裁缝身旁。

我头晕目眩

我头晕目眩。

因为睡得太多或想得太多

抑或二者兼有。

我头晕目眩，这是我全部所知，

而我还在犹豫自己应不应该离开椅子

或是要如何离开椅子。

我头晕目眩——所以让我们从它身边离去吧！

从生活中，我理解了何种生活？

没有任何一种。

它们无不出现在裂缝中，大同小异，

皆具有不同寻常又荒诞不经的功用，

它们的本质都是虚无……

所以，我头晕目眩。

如今的我

在每个黎明醒来时

都头晕目眩……

没错，体现在我的诗里……

无法断定我姓甚名谁，

无法断定我身在何处，

无法断定我始终为何物，

无法断定任何与种种。

然而，倘若这就是原本的情形，本该如此。

那我唯一能做的就是继续待在椅子里。

我头晕目眩。

没错，我头晕目眩。

我依旧坐在那儿

头晕目眩着。

没错，头晕目眩。

头晕目眩……

头晕目眩……

我，我这个我……

我，我这个我……
我，满世界都是

可以产生的反感……
我……

结局是，万事万物因为——皆是我，连星星也不例外，
而好似跳出了我的口袋，令孩童们应接不暇。
那些孩童是陌生的，于我……
我……

有瑕疵的？难以捉摸的？不同寻常的？
我无从知晓。

我……

某个曾经，我拥有吗？有啊！
某个当下，我拥有吗？有啊！
某个未来，我拥有吗？有啊！
哪怕它无法长久停留。

然而我，我这个我……
就是我，
保留了我，
我……

我开始探索自我，
我是不存在的

我开始探索自我。我是不存在的。

在我的理想自我与旁人期待的我之间，我是一道缝隙，

也可能是缝隙的一半，毕竟我也拥有生活……

那便是我。种种都已成过眼云烟。

关灯闭门，不再听闻走廊上的拖鞋声。

让我独守空房，面对自己那无尽的静谧与安详。

而它，冒充了宇宙。

我的倦意

我的倦意显而易见。

是迫于无奈的倦意，

在某个舞台之上。

我不清楚那倦意因何而来：

它在此停歇，未有任何改变

也不会让我洞察丝毫。

它隐隐作痛时，被击中的是伤口，

而非促生其动机的机能？

不可否认，我已身心俱疲，

曾几何时，我也一笑了之。

那倦意不外乎是为了——

一个在身体里的对沉沉睡去的祈盼，

一个在灵魂中的对无思无虑的渴求

并包罗万象，

一个在转身原谅时熠熠生辉的晶莹……

以及眼下不可救药的奢靡？

我很智慧：这便是全部。

我所见繁多，也通晓了那繁多的所见。

饶是我们所得到的倦意中夹杂着些许欢乐，

但结果依旧是大脑在将各种事忙活。

在黑夜与空寂之间，
我突然醒来

在黑夜与空寂之间，我突然醒来。

滴答，如我所见，是夜半四点。
我陷入夜不能寐的无望，于是将窗户推开。

一街相隔，如我所见，有人在对面，
点亮了窗，是另一个交错的长方形！
晚间的手足之情啊！

晚间不为人知的奇异友情！
我和他都醒了，但人类却不得而知。
它还在沉睡，而我们已拥抱光明。

你是什么人？生病的人，虚假的人，还是如我一般的

睡不着觉的人？

无所谓啊！那无形又无尽的永恒的夜

这个时空里只存在着

我与他两扇窗后的人类，

以及两盏灯下的安然的心。

这个时空里，我与他互不相识，但我们囊括了整个生活。

我家里屋的窗口，

木质窗槛上是夜的潮湿在荡漾，

我探身而出，朝着无尽的方向，以及略微朝着自己。

竟然没有雄鸡，一只也没有

打破这静寂，行将结束的静寂！

点亮那扇窗的伙伴，你此刻有什么事要做？

我在无眠中梦着生活吗？

晕染在你那神秘窗口的昏黄微芒……

妙趣横生啊：你点亮的不是电灯。

是我那消失的小时候的煤油灯！

距离我上次书写长诗

距离我上次书写长诗
又是一段很长的日子！

悠悠几载转瞬即逝……

我再也找不回缔造节律的能力
那是一种基于某种思想与形式
在灵魂和身体的统一中
并肩前行的能力……

我被赋予的，而今都已失去
是一些潜藏着某种内在确定性的感觉……
留在我这里的，还有什么呢？

骄阳当空，不需要我召唤……

白日青天，不需要我付出……

清风，或说清风拂过，

令我觉察到空气……

还有那无需种种顺服的自我主义。

然而，我的"胜利之歌"啊

随之而来的是直线运动！

我的"海洋之歌"啊

与之相伴的是那诗节、前后照应的诗节、长短交替的诗节！

而我的蓝图，我的一切规划，

在我所有诗节里，是最了不起的颂歌！

尘埃落定的、无与伦比的，

不可实现的颂歌！

在甲板的躺椅上，
我合上了双眼

在甲板的躺椅上，我合上了双眼，

我的命运若隐若现，好似灵魂中的峭壁。

从前的时光与未来的日子交错在一起，

就在这时，烟雾缭绕的娱乐间

传出的喧哗涌向我耳畔：宣告象棋比赛的终结。

啊，被抛了起来

在感情的浪潮间

漂浮不定

在今日还没结束，明日还没到来的惬意思绪中，

至少眼下的我没有任何责任，

除了在躺椅上感觉自我，仅此而已，

我不必拥有这样的吸引力，像某个瑞典女人遗留的一本书……

啊，醉心于
一番遐想的笨拙，真的有些犯困，
悄无声息的浮躁，
忽而化作那个曾经是我的少年，

我在村屋中玩闹的时候，对初等代数一无所知
更别提含有 X 与 Y 的情感代数。

一整个我
憧憬着生命中微不足道的
那一瞬。一整个我

憧憬着那一瞬，如同憧憬其他相似的一瞬——

在那些瞬间，我不值一提，

在那些瞬间，我无意识地拽着完好无缺的

存在的虚无，

还有那月色、那海洋、那寂寞，阿尔瓦罗啊！

走在郊区街道的夜色中

我刚刚踏上归途，从如我一般的专家
会议上，并走在郊区的夜色中。我一个人往回走，
眼下以诗人的身份，抛却了专业技能和工程学，
在暮色降临的地方，整个人低沉到仅有鞋子发出
寂寞的声响。
远处最后关门的小铺拉下了最后一扇百叶窗。
啊，我听到那个美满之家在共进晚餐。

我踱着步，用双耳注视着一户户人家。
在我的家庭、我的存在、我的血液所暂住的这条街
的幽暗中，我发自于内的自我放逐再度蠢蠢欲动。
我要是个含着金钥匙出生、有奶妈照顾、有绵软的床，
如婴儿般睡去的孩子该多好啊！

我那毫无特权的心啊！

我那被孤立于万物之外的感觉啊！

我那源自我只是我的悲痛啊！

我小时候的床成了谁手中的木薪？

我儿时用过的床单成了谁眼里的破烂？

我衬衣上的装饰带被谁扔了，那可是我受洗时所穿的

穿行在满屋浮尘与这个名为世界的垃圾桶里的

果皮之间？

是谁，向命运出卖了我？

是谁，将我变幻作如今这副模样？

我曾经在确定的环境中说过确定的话。

我思索具体观点，犹如一台超出定额的仪器。

我精确无误，如同一台天秤。

我谈论我所知。

现在走向那电车掉头回城的车站，

在两盏相距颇远的街灯之间，

我好似一个形而上的流浪汉，

我甚至觉得自己停在了两道光影里。

然而，我得赶乘电车。

在绳子不可见的那头，发车铃会两度响起

当大胡子售票员伸出又粗又短的手指去拉动绳子时，

我就得上车。

纵使这所有的——哎！——我终究要登上电车。

终究，终究，终究……

我终究要回城。

我终究要回归，在思考与绕远后。

我终究要回去，用晚饭填饱肚子。

然而我不曾享用过那种我所听到的、郊区轻柔的百叶窗后，

美满之家所享用的晚餐，

无异于我，那里的人们

也陆续上了回城的电车。

那是生活如常的结了婚的人！

我到售票口买票，

售票员与我擦肩而过，视我如《纯粹理性批判》……

我给了钱。我已然完成了职责。我和其他所有人

没什么不同。

然而，这一切无法根治，哪怕了结此生。

开着雪佛兰去辛特拉

开着雪佛兰去辛特拉，

在月光笼罩下的梦中的蛮荒之路上，

我一个人开着车，无比迟缓地开着，它好像

真的很迟缓，也可能是我自以为它好像真的很迟缓，

我似乎要开到其他路上，其他的梦里，其他的世界中，

开到前无辛特拉，后无有里斯本的某个地方，

我会一刻不停地向前开，除此之外还涉及什么？难不成

只是向前开吗？

我会在辛特拉过夜，而不会夜宿里斯本，

但我在驶向辛特拉的途中生出悔意，为什么没在里斯本停下。

总会有这种不理智、没来由，又无用处用的不安，

总会出现，总是这样

因为不存在的事物，精神出现了浮夸的不安，

在去辛特拉的途中，在做梦的时候，在生活之路上……

我在车里做出本能反应

这辆车是假借他人的，在我之下，与我一道向前跳着。

在这个意象闪现时右转弯，我不由一笑。

在这俗世之中，我的前行倚仗了太多假借之物！

太多假借之物受我操控，就像原本就属于我！

就连我自身，也是由许多假借之物组成！

这条路的左侧出现了一栋小屋——没错，小屋一栋。

右侧是宽广的乡野，月光从远处照过来。

这辆车，近来赐予我悠然自在，

而眼下却成了关押我的事物，

一种只允许我开车，就像要让我关禁闭的事物，

一种只有做到我中有它，它中有我

才会听命于我的事物。

我的左后方是那栋卑微的——

比卑微更卑微的小屋……

个中生活定然幸福，只因它不属于我。

而在小屋窗前望见我的每个人，肯定都会感叹：

那个人真幸福。

在顶层窗户里偷偷窥探的小孩，或许会觉得

我看似（在别人的车里坐着）梦一个，一个驶向

生活的奇特存在。

一听到发动机的动静，那个女孩

便在一楼厨房的窗户前张望起来，

或许对她而言，

我仿佛所有女孩梦想中的王子，

而她会一直看着窗外，看着我渐渐消失

在蜿蜒的路上。

我留给他们的会是一场梦，还是一个与开走的车有关的记忆？

是我这个开着借来的车的人，还是被我开着的这辆属于别人

的车？

月光微茫，徒增哀伤，在去辛特拉的途中，

在前方的暗夜与大地的陪伴下，

我开着别人的雪佛兰，觉得被世人遗弃了，

我在去辛特拉的途中迷失了方向，

我在遮覆前路的时候失去了自我，

一阵狂躁、凶猛、莫名的冲动突如其来

于是我加快了速度……

然而我的心依旧缓慢，落在了我环砌的石堆后面

当我看见它却又对它视而不见，

在那栋小屋的门上，

我的心空空如也，我的心怫然不悦，

我的心富有人性，我无法比拟，

我的心精准至极，生活不可相提。

我时而陷入思考

我时而陷入思考，

时而深入地，更深入地，愈加深入地陷入思考，

事物的所有隐秘如一层油般浮于表面，

整个宇宙是幻化出脸的海，瞪眼看着我。

种种事物——树木、石头、立在一隅的灯柱——

皆是在深不可测的幽暗中盯着我的眼睛，

而诸神和他们的思想则从我心上路过。

那存在着的种种事物啊！

那存在着的种种事物啊！

存在着一条存在着的事物

通往存在的路径，

存在着的事物通往存在，

存在着以存在为目的的存在，

为了万物通往存在……

或许还有某种抽象的存在，

以及真实且有意识的存在，

无论它们是些什么——

都令我害怕，可我该怎么表达？

这种感受，该怎么描述呢？

波尔图牛肚

在外时空的一家餐厅，忽有一日，

他们为我上了一盘爱情，如同一份凉掉的牛肚。

我礼貌地告诉厨房中人

我不吃凉的，

炖牛肚（那道菜是波尔图牛肚）向来是吃热的。

我感受到他们的厌烦。

任何餐厅里，顾客往往无理可占。

我拒绝以此为食，也没再点其他，

给了钱，走出了那条街。

这隐藏着什么深意，谁知道呢？

我无从知晓的事，在我身上发生了……

（我坚定地认为，人人在儿时都曾拥有花园一座，

不管是自己家的，还是邻居家的，抑或是国家的。

我知道，我们玩乐的地方属于我们。

而悲哀却是今天的。）

这一点我大多时候都明白，

然而，假如我想要的是爱情，为何他们呈上的是

凉的波尔图牛肚？

它不是凉菜，

可他们给了我一份凉的。

我没有抱怨，不过那道菜凉掉了，

它不该凉着吃，但呈上来却是凉的。

我下了火车

我走下火车

和那位偶遇的男士告了别。

我们共享了十八个钟头的时光

还雀跃地闲聊了一次，

来自旅途的友好，

然而我带着歉意下了车，带着歉意离开了

偶遇的友人，而我可能永远无法得知他的姓名。

我察觉到了我的热泪盈眶……

一次次离别无异于一次次死亡。

没错，离别就是死亡。

在这趟名为生活的列车上

人人都是他人的偶遇，

而分别让每个人心怀歉意。

我感动于人类的一切

我感动于人类的一切，原因不是人类的思想或理论

让我觉得亲近，而是我与人类本身之间存在着无穷尽的亲情。

那个愤然离开的少女，

面朝那栋从未被她善待过的屋子，

怀揣着对家的情思，大声哭泣……

这一切，在我的内心世界，是死亡亦是尘世间的悲凉，

这一切，在我的内心世界，因为死去而依然活着。

而我的内心世界，比整个宇宙略大一些。

我不知道那个地方
在什么地方……

旅行前一日，铃声滴滴作响……
这般尖锐的提醒，并非我所需！

当列车如约而至，轰隆隆朝我驶来
的时候，我渴望享受在我心专属的车站上蛰伏，
在我察觉真实的别离从嗓子涌向嘴边之前，
在别离降临，我用还没学会掌控情绪的双脚
登上列车之前。

在眼下这个充满离殇的车站，我抽着烟，
感觉自己还在享受渐渐流逝的生活。
一种最好被抛之脑后的一无是处的生活，是牢笼一个吗？

它所属为何？宇宙即牢笼，而困在当中的是一类

无所谓牢笼大小，皆隐忍接受的囚徒。

我抽着烟，顿生步步紧逼的恶心之感。列车已从其他车站飞驰

而过……

再见了，没来和我告别的所有人，

再见了，我那抽象的无法实现的家庭！

再见了，这一天！

再见了，充满离殇的车站！

再见了，生活！

如同铁道对面的候车室的一隅

那个被人遗忘的做了记号的包裹。

铁道工会在火车驶离后看见——

"这不是刚走那人的东西吗？"

留下，只为体味分离，

留下，不是一种错误，

留下，死去的就会少一些……

我朝未来走去，似要赶赴一场艰苦卓绝的考试。

假如永远等不到列车，那上帝是否会怜悯我呢？

我见到自己在车站，至此皆是隐喻。

我这个人文质彬彬，没有缺点，

你说——听他们讲——我在国外生活。

我风度翩翩，无疑说明我拥有很好的教养。

我夺回了我的手提箱，

那个搬运工被我拒绝，

如同一个充满危害的罪恶，

而在颤抖的除了我的手，还有那手提箱。

再见吧！

我将去而不返，

我将永远离开，

因为我没有可以返回的地方。

独自回到的地方永远不是原来的地方，

独自回到的车站永远不是原来的车站。

那些人是不一样的人，

那些光是不一样的光，

那哲学是不一样的哲学。

再见了！我的上帝，再见了！我畏惧的再见！……

我明白，这是很自然的事

是啊，我明白，这是很自然的事，

可是我还拥有一颗心啊！

该死的晚安！

（我的心碎了一地！）

（该死的人性！）

从那个女人的房屋里溢出了欢笑声，

她的孩子被碾死了。

一阵所谓祭奠的聒噪的号乐划过。

赔偿金已到手：

那孩子价值 X。

他们正在享用 X，

吃喝玩乐着那个死去的孩子。

多么奇妙，他们是人！

多么奇妙，他们是人性！

太奇妙了：他们是天下所有允许

儿女被碾死的父母！

金钱，令他们忘乎所以。

那孩子价值 X。

于是，房屋贴上了壁纸。

于是，房屋贷款也终于偿清。

那孩子真不幸啊，

若不是被碾死，又要如何偿还债务？

是啊，他曾得到过爱。

是啊，他曾被捧在手心。

然而，他没了命。

不幸啊，他已经死了！

可怜啊，他已经死了！

不可否认，他的死换来了还债的钱。

一件令人悲痛的事，

不过再也没有债务了。

那个令人同情的小孩

被碾碎了，事实就是这样。

但不管怎么说，现在欠杂货店的钱都还上了。

是啊，这一切就是灾难，只是灾难之中向来不乏光明。

失去了孩子，却得到了一千块。

没错，一千块，

能做很多事呢（不幸的小家伙啊）。

能偿还很多债呢（不幸的小生命啊）。

能置办很多东西呢（离开这世界的漂亮小孩啊）。

这无疑是一种悲哀

（一千块）

想想我们的儿女被碾作成泥

（一千块）

转念再想想那焕然一新的房屋

（一千块）

坏掉的东西都被一一修补

（一千块）

很多事情被从记忆里抹去（我们放声痛哭！）

一千块！

仿若上帝的恩赐

（一千块）。

悲惨的被毁掉的小孩啊！

一千块。

不知这世界是否由星星统治

不知这世界是否由星星统治

不知塔罗牌或游戏牌

能否透露一点消息。

不知飞旋的骰子

可否引出结论。

也不知如大部分人那般

活着，是否称心如意。

是啊，我不知道

不知该不该信任那个每天出现的太阳

谁也无法保证它是真实存在的，

不知是不是更应该（就因为更好或更便利），

将信任用在其他某些太阳上，

甚至是在暗夜中发光的太阳，

某些既深奥又热烈的、

我所不能理解的事物。

现在……

（让我们放慢速度）

因为现在

我是绝对安全的，抓紧了楼梯扶手，

它在我的手的保护之下——

那扶手不是我的

却是我上楼时的倚靠……

没错……我在上楼……

我回想起了这件事：

不知这世界是否由星星统治。

我不停地思索着完全的虚无

我不停地思索着完全的虚无，

最重要的事莫过于此——而不是其他——

如同黄昏的空气那般让我开怀，

相较于这炎炎夏日，它有更多的清爽。

值得庆幸，我不停地思索着完全的虚无！

思索虚无

是充盈地拥抱灵魂。

思索虚无

是不动声色地走过

生命的起起伏伏……

我不停地思索着完全的虚无。

只不过……好像伤到了一块肌肉，

隐隐作痛于我的后背或侧腹部，

而我那灵魂的口中则微微泛苦，

原因是，毕竟

我不停地思索着虚无，

而且除了虚无，别无其他……

我们开启航海之旅时

我们开启航海之旅时，

船驶离的陆地渐渐在眼前褪去时，

一切被纯净的海风充盈时，

海岸化作一线光影时，

一条先前隐约可见的线，如同黑夜降临一般

（缭绕的光线）——

对于将这些感受的人而言，是何等令人雀跃的

悠然自在！

忽而找不到社会性存在的种种理由，

找不到爱恨与责任的理由，

没有了法则，没有了富于人性的悲哀……

只剩下抽象的离开，以及海的颠簸，

离开的颠簸，海浪轻轻起伏

船头的动静，

和悄然钻进灵魂的一大片轻薄的静谧。

将我的生命，整个

摇曳着放入浮沉之中，

将我生存的意义，整个

汇入我抛却所有的与海岸的分别里——

爱、烦闷、惆怅、合作与责任，

令人懊恼的焦灼的愁苦，

多般徒劳所致的倦怠，

以及妄想的事物，

不适感、光线，

往日岁月沉重的眼帘……

我要走了，去到远方！去到远方，漫无目的

我的船啊，朝着史前永恒之河的自由，进发吧！

去到远方，永远地离开，驶向死亡。

当我洞晓了离开的地方，离开的缘由，生活啊……

这是生活，所以要娓娓道来

这是生活，所以要娓娓道来

这是生活，以及我对生活的思考，

黑夜没有停下脚步，因而我疲惫却无眠，

我若身在窗前

便会望见，在野兽的眼帘之下，

是如繁星般无以计数的家……

我在日间虚度年华，只想在夜里安然入眠。

正值夜阑人静，几乎可算作第二天了。

我想沉沉睡去却不得入眠。

这样的倦意，令我以为自己是整个人类。

这样的倦意，令我的骨头差点变成一摊肉……

人人都在分享相同的宿命……

双翼被束缚却还得飞行，跌跌撞撞地穿梭在世俗里，

在一张错综复杂的蜘蛛网里。

令人心悸的晚上

令人心悸的晚上，每一个夜的自然本质，

令人心悸的晚上，我每一个夜的自然本质，

我猛然记起，从不安的睡梦中清醒，

我猛然记起，我此生做过及可能做过的所有事。

我猛然记起，从头到脚被悲痛侵袭，

如同恐惧或寒冷来袭，

我那些去而不返的时光——才是真正意义上的尸体。

其他那些尸体大概都是幻影。

那些死去的人或许活在别处，

我那些去而不返的时光或许也存在于

时空想象的某处，在消失不见的谎言里。

然而不是我的事物，和我没做过的，以及

没梦到过的事物，

恰是我当下所见的应已完成的事物，

恰是我当下清晰所见的应已成为的事物——

是上帝所拥有之外的已死去的事物，

这——它终归是我最优秀的部分——甚至不是从上帝那里

得到生命的事物。

假如存在一个明确的地方

我没有向右转，而是向左转；

假如存在一个明确的时刻

我没有说"不是"而说了"是"，反之亦然；

假如存在一次明确的对话

我不经意地谈到了我此刻会在恍惚间

斟酌的诗句——

假如事事都一贯如此，

今日的我便会是另一个样子，整个宇宙

也可能会毫不经意地变得不同。

然而我并未走上那万劫不复之路，

没有也不曾想过朝那边转弯，只是眼下

我洞见了它；

然而我没有说"是"或"不是"，只是眼下

我洞悉了不曾提及的种种；

然而我不曾提及的词句却在此刻跃然心上，

它们无一不是

明确的，自然的，必然的，

话题终得以集中，

一切问题迎刃而解……

可事到如今，

那些不存在于过去，也不存在于未来的事物

受到了伤害。

我承认没能触及它们，在形而上学的每一个体系里
都未曾把握住哪怕一丝希望。
我或许可以把梦中之物带到其他世上，
但我可以把遗忘的梦中之物带到其他世上吗？
是啊，这些即将付诸乞求的梦，是真正意义上的尸体。
它将被我永远地埋藏于心，以所有时光与整个宇宙。

这个晚上，我失眠了，被静谧包裹着
就好像我未曾拿出真理来分享，
外面的月光好似我不曾拥抱过的希望，于我而言
是不可见的。

费尔南多·佩索阿的诗

Fernando Pessoa

乡村教堂的钟鸣之声

乡村教堂的钟鸣之声啊，
你弥散在静谧黄昏里的
一声声叹息，无不激荡着
我的灵魂。

你的声响那般悠然，
似是生活让你哀叹，
而你起初的叮当作响
成了反复出现的杂乱。

我总以游移的方式路过
不管你对我的抚慰有多近距离，
于我而言你只是梦一场——

而在我灵魂中，

你的声音是悠远的徜徉。

你的叮当声

一阵阵在天边回荡，

让我感觉到往日远去，

思乡的惆怅却从未远离。

街头有钢琴一架

街头有钢琴一架……

户外有些小孩在玩……

礼拜日，太阳

闪耀着金灿灿的快乐的光……

我因哀伤而

喜欢上若隐若现的一切……

虽然生活给予我的少之又少，

但假如失去，我依然会心疼。

我的生活受到牵连

已深陷变幻……

我失去了谛听那琴声的机会，

我失去了成为那些小孩的机会！

我希望变得自由且虚无

我希望变得自由且虚无，远离信仰、责任，还有名誉与地位。
我厌恶一个个牢笼，爱也不例外。

所有爱我的人，请放弃对我的爱！

我为真实的事件悲伤，为确凿的事实歌唱，
因为我忘却了我所感，并认为我是另一个我。

一位漂泊者从我这个存在穿过，我伴着清风弹奏，
而我漂泊的灵魂则是它自身行走时要唱的一首歌。

以一种平和的艰巨的虚无的奋勉为由，
如光芒般从空洞的天幕上飞落，再如责任般安然飞抵无用的地面。

此刻，死去的雨从漫无边际的空中滴落，继续把夜晚的土地
淹没，

而我在第一时间埋头于湿衣之下，

并不忘设计一种可被接纳的社会类型的功用。

我走到窗前

我走到窗前
想知道唱歌的是什么人。
一位盲人，一把吉他
在街头如泣如诉。

两个声音哀伤至极……
他们相互融合
游走于世，令人同情。

我也一样，盲人一个
一边游走，一边歌唱。
我脚下的路更加漫长，
但我不渴求任何。

我是逃亡者

我是逃亡者。

从诞生之日起，就被关在我里面，

不过我想办法逃了出来。

人们若会因为身处一样的

地方而心生倦怠，

那为何不会因为拥有一样的

自我而感到乏味？

我的灵魂四处找寻我，

而我不断奔跑着

并真心企盼

它永远都找不到我。

作为个体的一个个人，就是一个个牢笼。

我若成了我，我便不存在了。

我是逃亡者，我将以此身份

生活，实实在在

真真切切地生活。

逊位

永恒的黑夜啊，请叫我儿子

用手将我揽入怀中。我是一个

国王，主动舍弃了

期望，还有那不胜其烦的王位。

我脆弱的胳膊因不堪剑的牵引而垂下，

我臣服于坚强的双手，

我把四分五裂的权杖

还有皇冠扔在了前堂。

踢马刺和无用一词押韵，

甲胄也是一无是处

都被我丢弃在了寒意刺骨的石阶上。

我放弃了国王的权力、肉体乃至灵魂，

无比苍老、无比安宁地回归黑夜

宛如薄暮冥冥时的景致。

我只接受了理智的指引

我只接受了理智的指引。

而其他种种的指引，我都没有遵循。

它会徒劳无功的闪耀吗？

它会兀自为我送来光明吗？

造物主如若希望我是不同的我，

就会让我成为不同的我。

他给了我一双眼睛，让我去观看。于是我观看，我得见，我相信。

我怎会有胆量说"盲目会带来幸福"？

除了让我观看，上帝还让我拥有理智，只为超越亲眼所见

之物——

一种被我们叫做"处世之道"的虚幻影象。

假如观看意味着上当，思考意味着彷徨，
我很懵懂。我不过是接受了上帝的赐予，
将它们当作我的方法与真理。

我做起了白日梦

我做起了白日梦，远远离开了我那悠然自得的
以人的形式存在的自我意识。

我的灵魂于我是陌生的，我于我的灵魂也是陌生的。
去了解它？需要时间。
去诠释它？不知我有无能力。

然而在这样的"我是谁"与"我是什么"的谬误中
蕴藏着另一种介于天地间的毫无杂质的不同含义。

从那道裂缝中衍生而出的宇宙、太阳与星辰在有序穿行。
它透着一种深邃的意义，在我之外，被我洞悉。

平坦的土地

不知那片平坦的土地

被遗弃在浩瀚南海的小岛上

是不是真的，

是梦，还是生活和梦错乱了。

我深知自己渴望那片土地。

在那个地方，在那个地方，

生活年纪尚轻，而爱笑得灿然。

可能不存在的棕榈林

与无法到达的远方，成行绿树间的小道

将阴翳与寂静赠与

相信小岛也许存在的人们。

我们是幸福的吗？可能吧，也许吧，

当那个时刻降临，在那样一片土地上。

然而在向往的同时，它渐渐失去了光鲜；
我们对它念念不忘，但很快就变得疲惫不堪。
在月色之中，在棕榈树下，
我们察觉出月光灼人的凉意。
那里无异于别处，别的一切地方，
恶意尚未清除，善意无法持久。

在世界的最后一天，没有小岛
也没有棕榈林，真也好，梦也罢。
你我的灵魂会修复它那铭心的伤痛
但善意是否会莅临我们心中？

一切皆在你我内部。

在那个地方，在那个地方，

生活年纪尚轻，而爱笑得灿然。

我深知自己的孑孓独立

我深知自己的孑孓独立，

我的心深受伤害，

信仰是没有的，法则是没有的，

动听的旋律是没有的，

思想也是没有的。

有的只是我，只有我

而我无言以对

因为觉得如天空似的——

可见，但内里又没什么可观看。

理发师失去了儿子

理发师失去了儿子，

那孩子刚满五岁。

我与他父亲相识——

至此几近一年

我们聊过天，

在他为我刮胡子时。

听到他说的消息，

我的心颤抖不已；

我惊慌失措地将他抱住，

他伏在我肩头恸哭。

在这安宁却愚昧的生活中，

我从来不懂该作何举动。

然而我的上帝，

我体悟到了生而为人的痛！

请让我永不拒绝那样的痛！

阴郁却不冷的一天

阴郁却不冷的一天……

一个表面看来

不耐成为某一天的一天

它不过是一股冲动的产物，

与恰当且抽象的责任无关，

透着嘲讽的意味，

最终让光照进某一天

无异于我或别的什么

它们如同我心，

空无一物的心

不带一丝情感

却追逐着目标——

一颗阴郁却不冷的心。

我就是偷偷溜走的那一个

我就是偷偷溜走的那一个，

我一降生

就被他们关在我的身体里面

不过我偷偷溜走了。

我的灵魂四处寻我，

在高山与峡谷里穿行着，

但愿我永不被它找到。

已经过了许久，
大约十年的样子

已经过了许久，大约十年的样子，

距离我当初从这条街经过！

我还曾在那里住过一阵子——

两三年左右吧。

这条街还是老样子，几无新事物出现。

不过它要是可以看见我并作出判断，

它会念叨，"他还是老样子，我却变了许多！"

如此这般，我们的灵魂找回了记忆，又忘却了那记忆。

我们经过一条条街，一群群人，

路过自我，抵达终点；

而后，智慧之母抹掉了黑板上的象征，

我们得以从头来过。

我死去的时候

我死去的时候，你，草地，

就成了我从不认识的事物，

我将成为的那个我会更优秀，

也会拥有更棒的草地。

花很美

在此刻我所鸟瞰的原野上

会有很多绚烂的星

在那片无垠的原野上。

我的心或许是懂得

另一种自然的，

比让我们的双眼受骗

并信以为真

更为自然，

志愿，犹如一只最终在

某个枝头落脚的小鸟，

暮然回首，

追忆那存在过的飞翔，

宛如一片虚无。

我如青雾一般在我身体里

我如青雾一般在我身体里
被尘封，它是一片虚无
一种从根本上趋向虚无的思乡之情，
迷惘的趋向万物的祈盼之心。

我被它束缚
就像被青雾笼罩，而我知道
在我烟灰缸里的那枚烟头上
有最后一点璀璨星芒。

我在抽烟，我的生命之烟。
我所观或所读的

一切，是那般不可靠！一整个

世界如一本摊开来的庞大的书

以微笑示我，在一个不为我知的舌尖。

不知我的灵魂有多少

我不清楚，我的灵魂有多少。

我随时随时都在变化。

一直让我觉得陌生。

我不曾窥见或洞察到我自己。

无数的存在中，我有着最好的灵魂。

拥有灵魂的男子，无法拥有任何宁静。

在凝望的男子，恰是他所见之物。

在感觉的男子，不再是他自身所是。

专注于我所是与我所见时

我不再是自己，而是它们。

我所有的欲念与幻想

都不再是我的，而属于一个个将它们据为己有的人。

我是自身的景象，

旁观着自身的游走——

孤孤单单的、形形色色的、变幻无穷的。

在我所在之处，我感觉不到自己。

所以我阅读，以陌生人的姿态，

我的生命宛如书页。

不知会有何种将来，又会遗忘什么过往，

在阅读未满之处，我书写所想所感。

复又读到那里时，我顿生疑惑："那个人是我？"

上帝会了解，因为那是他之前书写的。

我探究自我却无法感知

我探究自我却无法感知。

我无比沉迷地感觉到

我要是对自己所感觉的感觉

感觉到厌烦，就会找不到自我。

我在饮酒，我在呼吸，

我真正的存在方式：

我不曾寻觅到隔绝

感觉到悲惨的方式。

我从未断言

我是不是真的感我所感。

对我来说，我是我可能是的

——那个别无二致的我吗？

这个我是被我感觉到的，那个真正的我吗？

纵然夹杂着这般感觉：我是微不足道的无神论者，

我也不明了，这个我是不是被我感觉到的那个真正的我。

我所写的不属于我

我所写的不属于我，不属于我……

它的出现，是谁的功劳呢？

我生而为人，是要为谁当使者？

我是怎么受到诓骗

笃定为我所有的便是属于我的？

它是谁放在我这里的？

不管情况如何，倘若我的命运

会是我身体里存活的

某种死去的生活？

那么我，这个全靠一些梦想

支撑整个虚幻生活的人，

得好好感谢，在我所归属的尘埃里

将我托起的那个人——

为了我，他托起尘埃，

象征性地。

我的生活去往何处，
又被谁带到了那里

我的生活去往何处，又被谁带到了那里？

我为何总在做不愿做的事？

我的哪种命运一直走在幽暗里？

我的哪些部分指引着我，而我却毫不知情？

我的命运有其方向与方式，

我的生命有其刻度与路径，

但我的自我意识不过是我所是的

与我所做的大体，而不是我。

在我刻意的行为里，我甚至不自知，

我不曾在我所做的事情里企及我思考的高度。

我所拥有的悲欢苦痛并非真实的悲欢苦痛。

我在前行着，而我内部的一个个我却一动未动。

上帝啊，在你的迷雾与幽暗中，我到底是谁？

除却我的灵魂，还有何种灵魂

住在我灵魂里？

为何让我洞悉一条路的存在

假如我所找寻的那条路并非我所追求，假如在我内部

漫游着虚无。

只能以我没有的那种脚步努力前行吗？

只能在我的所作所为中依附某种不为我知的命运吗？

意识若是虚幻的想象，那我为何要将其拥有？

在真实情形和"什么"之间，我是什么？

将我的眼睛合上，让我灵魂的视线变得混沌不清吧！

啊，虚幻的想象啊！

纵然我对自己或生活一无所知，但至少我说不定能领略虚无，

放下执念平心静气，我说不定能枕着生活睡着，

如同一片被忘记的沙滩……

在睡去和梦见之间

在睡去和梦见之间，

在我和我内部的我所认为的那个我之间，

流淌着一条无尽的河。

它曲折绵延，如其他河那般流向远方，

从别处一个个不同的河畔经过。

它来到我的生存之处，我所居住的屋子。

假如我仔细观察自己，会发现它正流淌而去；

假如我从梦中醒来，会发现它已然流淌而去。

而被我感觉到的那个我，因为某种把我与自我关联起来的东西

而死掉了，那条河从沉睡中流过——

那条无穷无尽的河。

我是幸福的，还是不幸的

我是幸福的，还是不幸的？……

不知道啊，我坦诚相告。

不幸意味着什么？

幸福又有何好处呢？

我不是幸福的，也不是不幸的。

我不太清楚我究竟是什么。

我只是个丰富多彩的灵魂，

存在并感受着上帝安排的一切。

如此这般，我是幸福的还是不幸的呢？

思考绝不会以退让告终……

在我这里，不幸意味着对自己不够了解……

而这也正是幸福的意义……

自我心理学

诗人是善于造假的。
他的编造栩栩如生，以致于他会杜撰
他真的感受过痛的滋味。

他作品的读者们在字里行间感受着痛，
但不是他所感受到的痛的叠加，
而只是他们不曾体会过那种痛。

如此，沿着它环状的运行轨迹，
如艺术将思想环绕那般，
某个列车模样的东西一路驰骋。

那就是我们所说的心灵。

浣衣女子在水池里敲打

水池里，浣衣女子把衣物

放在石头上敲打。

她在唱歌，因为她在唱歌并为在唱歌

而难过，因为她在世；

所以也可以说她很幸福。

我书写诗句

若能如她洗衣那般完毕，

我可能会弄丢我那

各式各样的命运。

而事实却是，敲打

衣物透着伟大的和谐，

唱歌，几乎乃至全然

不具任何思想，或者缘由！

可是我的心，该由谁来浣洗？

夜的寂寥中有这般多的隐忍

夜的寂寥中有这般多的隐忍

以及我看过的书，

在梦里翻阅、感知和思考，

却大抵从未见过，

我抬起了忽而眩晕的头，

是无用的阅读所致，

我洞见，安宁在悄然渐逝的夜里，

而不在我心里。

少年时的我与众不同……渴望成为真正的我，

后来长大却不再记得。

今日的我拥抱着默然和法则。

我是胜利者还是失败者呢？

关于费尔南多·佩索阿

费尔南多·佩索阿

（1888—1935）

被誉为 20 世纪最伟大的葡语作家、诗人，葡萄牙后期象征主义的代表人物之一；被视为唯一可以与卡蒙斯比肩而立的诗人；为了纪念他，葡萄牙政府曾发行了以他头像为标志的钱币和纪念钞；

被评论家认为是"构筑整个西方文学的二十六位重要作家之一"和"二十世纪文学的先驱者"；文学评论家布鲁姆称，佩索阿与聂鲁达是最能代表 20 世纪的诗人。

在开普敦大学就读时，他的英语散文获得了维多利亚女王奖。他常去国立图书馆阅读古希腊和德国哲学家的著作，并且继续用英文阅读和写作，逝世于 1935 年 11 月 29 日。

费尔南多·佩索阿的一生

1888 年 6 月 13 日，费尔南多·安东尼奥·诺格伊拉·佩索阿出生于葡萄牙里斯本。

1888 年 7 月，受洗。

1893 年 7 月 13 日，佩索阿的父亲因肺结核去世。由于经济困难，家里不得不典当部分财产。

1894 年，佩索阿创造了自己的第一个异名舍瓦利耶·德帕斯。

1895 年 7 月，佩索阿写下自己的第一首诗《给我亲爱的妈妈》。

1896 年 1 月，母亲再嫁，对象是葡萄牙驻南非德班领事，佩索阿与母亲一同前往德班。

1897 年，在南非上小学，接受初级教育。

1899 年，进入德班中学学习；创造异名亚历山大·瑟茨。

1901 年 6 月，通过学校第一次考试，开始尝试用英语写诗。

1901 年 8 月，离开德班，回到葡萄牙里斯本。

1902 年 6 月，全家返回里斯本。

1902 年 9 月，返回南非，开始尝试用英语写小说。

1903 年，参加大学入学试，英文作文一科得到最高分数。

1904 年，结束在南非的学业。

1905 年，参加开普敦大学入学试，英语散文获得了维多利亚女王奖；定居里斯本，与姨妈一起生活，继续用英语写诗。

1906 年，考取里斯本大学文学院，攻读哲学、拉丁语和外交课程；母亲与继父回到里斯本，佩索阿搬去与他们同住。

1907 年，家人再一次回到德班，佩索阿与外祖母同住。

1907 年 8 月，外祖母逝世。

1908 年，从里斯本大学文学院退学；开始为商行撰写英文信件。

1910 年，开始用葡语、英语和法语写诗与散文。

1912 年，开始发表文论，在葡萄牙知识界引起争论。

1913 年，创作颇丰；创作静态剧《水手》。

1914 年，创作出异名阿尔贝托·卡埃罗、里卡多·雷耶斯与阿尔瓦罗·德·坎波斯；创作组诗《牧羊人》，开始创作《不安之书》。

1915 年 3 月，文学杂志《俄耳甫斯》第 1 期出版；"杀掉"异名阿尔贝托·卡埃罗。

1918 年，佩索阿发表英文诗，《泰晤士报》做了详细报道。

1920 年，结识奥菲莉娅·格罗什。

1920 年 10 月，严重抑郁，一度想进入医院治疗；与奥菲莉娅·格罗什分手。

1921 年，成立欧力西波出版社，准备出版英文诗集。

1924 年，创办《雅典娜》杂志，佩索阿是主编之一。

1926 年，与合伙人共同创办《商业与会计杂志》；为自己的发明申请专利。

1927 年，与《在场》杂志合作。

1929 年，与奥菲莉娅·格罗什重燃爱火。

1931 年，与奥菲莉娅·格罗什再次分手。

根据目前的资料，佩索阿一生只谈过一次正式恋爱，对象是他的同事奥菲莉娅。

那年，奥菲莉娅 19 岁，通过招聘广告进入佩索阿任职的公司工作，32 岁的佩索阿对她一见钟情，曾写下许多情书表明自己的情意，奥菲莉娅也对佩索阿十分有好感，甚至把他作为结婚的对象带到父母面前。

但佩索阿却因此退缩了，他害怕婚姻带来的责任，害怕自己微薄的收入不能带给奥菲莉娅好的生活，两人因此分手。

1929 年两人在街头偶遇，重燃爱火，但佩索阿依然抵制不住婚姻带来的恐惧与责任，一年后两人再次分手。

佩索阿的爱情是柏拉图式的，尽管佩索阿很喜欢奥菲莉娅，但他知道自己并不能给奥菲莉娅幸福，也无力承担婚后的花销，最后只能以分手收场。

1934 年，出版《音讯》。

1935 年 11 月 29 日，因肝硬化入院。当天他在纸条上写下了"我不知道明天会带来什么"，这是他留给世界的最后一句诗。

1935 年 11 月 30 日，在医院病逝。

费尔南多·佩索阿的"异名者"宇宙

除了用本名进行创作外，佩索阿还使用了 72 个异名（也有研究称是一百多个）进行创作。

佩索阿的"异名"不同于普通的笔名。他不仅为异名者创造了身世，甚至还为他们创造了思想体系和写作风格，似乎确有其人，这在文学史上是相当独特的。

佩索阿曾在 1935 年 1 月 13 日给阿道夫·卡斯伊斯·蒙特罗写信，信中谈及"异名"的来源，小时候，佩索阿就喜欢幻想周围有一个虚拟的世界，身边有一些虚拟的人物和朋友，这些人都有各自的姓名、身世、个性、行为，对佩索阿来说，他们都很真实。他们是佩索阿想象出来的、想要摆脱自我的一种"人工符号"，是他者，而非佩索阿的自我。

这或许是因为佩索阿小时候过于孤独，才会虚构出这些"异名者"，以陪伴、抚慰自己的心灵。

佩索阿的每个"异名者"都有不同的个性，其中最为著名的三个异名者是阿尔贝托·卡埃罗、里卡多·雷耶斯及阿尔瓦罗·德·坎波斯。

阿尔贝托·卡埃罗是一个农民，他自然、真实，不像学院派那样故作姿态；他语言简单，虽然所能使用的词汇有限，但依旧可以进行诗歌创作；他反对形而上学，是一个感官现实主义者，抗拒神秘和无病呻吟；他反对沉思；他主张倾听自然，亲近自然，与中国道家的"天人合一"不谋而合。

里卡多·雷耶斯是一个受过良好教育的有学识的人，职业是医生。他是一个古典主义者，也是一个君主主义者；他坚持捍卫政治和文学的传统价值；他的诗歌很讲究韵律、格式和用词；他的笔下经常出现希腊众神，但他并不信仰众神，他只信仰命运。

阿尔瓦罗·德·坎波斯被佩索阿称为"大师"，他可能是最接近诗人真实内心和个性的"异名者"。他出生于葡萄牙南部的小镇，曾在苏格兰的首府求学，是一位海洋工程师，多数时间在船上或者陆地上的办公室度过，喜欢环游世界，尤其喜欢东方；中年时回到里斯本定居。

他早年受颓废象征主义影响，后来受到未来主义影响，有大量歌颂机器和城市的诗作，再后来，他又变成彻底的虚无主义者，对现实世界充满绝望和不安。

除了这些异名者，佩索阿还有一个本名的"自我"，是他真正的性格，体现的是他自己对真理、存在及个性等深层哲学的思考。

大概可以这样概括他的异名世界：

卡埃罗是恒星太阳，雷耶斯、坎波斯和佩索阿或者其他的异名者是固定轨道上的行星。其中雷耶斯相信形式，坎波斯注重感受，佩索阿喜欢象征。而卡埃罗，他什么都不相信，什么都不在乎，他只是客观的存在。

图书在版编目（CIP）数据

如果我能咬整个世界一口 /（葡）费尔南多·佩索阿著；徐慧译. -- 海口：南方出版社，2024．7.
ISBN 978-7-5501-9128-0

Ⅰ．I552.25

中国国家版本馆 CIP 数据核字第 2024JR1542 号

如果我能咬整个世界一口
RUGUO WO NENG YAO ZHENGGE SHIJIE YIKOU

（葡）　费尔南多·佩索阿　著

徐慧　译

责任编辑：古莉

出版发行：南方出版社

社　　址：海南省海口市和平大道 70 号

邮政编码：570208

电　　话：（0898）66160822

传　　真：（0898）66160830

印　　刷：三河市九洲财鑫印刷有限公司

开　　本：787×1092 1/32

印　　张：8.25

字　　数：165 千字

版　　次：2024 年 8 月第 1 版

印　　次：2024 年 8 月第 1 次印刷

定　　价：68.00 元